AF190820

Jo MILLER

Kleine Geschichten aus der
Papenhuder Strasse

Bibliografische Information der Deutschen Nationalbibliothek
Die Deutsche Nationalbibliothek verzeichnet diese Publikation in der Deutschen Nationalbibliothek; detaillierte
Bibliografische Daten sind im Internet über http://dnb.d-nb.de abrufbar.

Impressum

Jo MILLER
2008

Herstellung und Verlag:
Book on Demand GmbH, Norderstedt

ISBN: 978-3-837056-938

Jo MILLER

Kleine Geschichten aus der Papenhuder Strasse

Gewidmet der schönsten Strasse der Welt und deren
wunderbaren Bewohnern

Vorwort

Die Papenhuder Strasse. Eine ganz besondere Strasse. Nicht sehr lang, aber voller Leben. Buntem Leben. Von fröhlich bunt über hell und leicht bis hin zu trist und durchaus auch mal mit einem richtig dunklen Farbton. Alles ist vorhanden. Das Leben eben.

Diese Strasse hat etwas Magisches. Sie zieht Einen in ihren Bann. Wer hier wohnt, bleibt entweder nur für eine kurze Zeit oder aber für´s Leben. Es ist wie ein Dorf inmitten einer großen Stadt. Und das inmitten einem der schönsten Stadtteile von Hamburg. Hier zu wohnen, das ist ein Geschenk!

Der ganz alltägliche Wahnsinn – hier macht er direkt Spaß!

Haupt-Akteure:

(in etwa der Reihenfolge ihres Auftretens)

Herr K.

Herrn K. seine Pekinesenhündin

Frau S.

ein Irländer

Frau J.

der Sänger G.

Marion

die Paket-Frau

ein kleiner Hund

Frau B.

eine junge Schriftstellerin

eine zierliche Person

Rolf, ein Junggeselle

ein bekannter Schauspieler

ein sehr kleiner Hund

zwei Katzen

noch ein kleiner Hund

eine Ratte

ein Topf Basilikum

sowie einige andere Menschen, Tiere und Pflanzen

I

Notizen am Mittag:

Herr K. wurde gestern Nacht gesehen mit einem Hundehalsband um den Hals, nackt und mit schwarzen Strapsen.

Frau S. war zufällig Zeugin. Auch wenn sie es auffällig bestreiten würde, ihr hat es mächtig gefallen, was sie sah.

Ein Irländer glitt kurz nach Mitternacht langsam und lautlos in das Haus seiner Geliebten, Frau J. Deren Ehemann befand sich auf Geschäftsreise.

Der Sänger G. hat im Morgengrauen sein Verhältnis mit Marion beendet, und zwar nach einer heißen Nacht voller Emotionen. Marion hat seitdem ihre Wohnung nicht mehr verlassen.

Ein Topf Basilikum ist auf einem Nordbalkon vertrocknet.

Zwei Katzen haben gegen 4 Uhr früh ziemlich laut gejault und offensichtlich viel Spaß gehabt in einem der zahlreichen Gärten, die an diejenigen der Häuser des Erlenkamps stoßen.

Herr K. wurde noch einmal gesehen. Diesmal mit Hundehalsband, Hundeleine und Pumps. Roten. Die Person am anderen Ende der Leine war nicht auszumachen.

Ein quasi normaler Mittag in der Papenhuder Strasse. Die Sonne scheint, es hängt ein wunderbarer Duft von warmen, frischen Brötchen in der Luft, und ein kleiner Hund pinkelt an den größten Baum der Strasse.
Der Hund ist stolz.

Aus einem Haus mit einer ungeraden Hausnummer kommt eine junge Frau. In ihrer rechten Hand trägt sie ein Paket.

Sie schaut nach rechts, und dann nach links, lacht leise und geht in Richtung Mundsburger Damm.

Zur selben Zeit macht ein anderer kleiner Hund neben der Tür eines edlen Restaurants einen Haufen.
Auch der kleine Hund lacht leise.

II

Am Nachmittag ist plötzlich starker Nebel.
„Nebel?" denkt Marion, die für einen kleinen Augenblick vom Sofa aufgestanden ist, auf dem sie seit dem Morgengrauen sitzt und sich die Augen aus dem Kopf weint.
Sie geht zum Fenster. „Nicht das auch noch!" stöhnt sie. Sie schließt die Vorhänge, kehrt zum Sofa zurück und beginnt wieder, zu weinen. Der Sänger hat ihr das Herz gebrochen.

Währenddessen zupft der Sänger G. drei Haare, die von Marion stammen, von seinem Unterhemd und wischt sich mit der rechten Hand über die Lippen. Er zieht sich an, haucht kurz in seine Hand, um seinen Atem zu prüfen, und verlässt dann sein Haus, um auf direktem Wege zur Wohnung von Nadja zu gehen, jener jungen Frau, die im Nachbarhaus von Marion wohnt.

„Nebel?" denkt auch Herr K. in seiner Wohnung. „Nebel? Wieso Nebel? Im Frühjahr?"
In diesem Moment hört er einen gewaltigen Knall. „Wie eine Bombe!" denkt er. Dann hört er aufgeregte Stimmen draußen auf der Strasse.

„Was ist da los?" sagt Herr K. zu sich selber.

Er nimmt seinen Hund, einen bildschönen jungen Pekinesen, eine Rüdin, und geht nach draußen.

Draußen herrscht Chaos.

Es ist alles voller Nebel und voller aufgeregter Stimmen – aber niemand ist zu sehen.

„Was ist passiert?" ruft Herr K. in den Nebel hinein. Sein Hund macht „Wuff".

„Sind *Sie* das, Herr Nachbar?" hört Herr K. eine Stimme aus dem Nebel, die ihm bekannt vorkommt.

„Ja!" antwortet er. „Ich bin`s. Ich bin hier vor meinem Haus. Mit meinem Hund!"

„Ah!" antwortet es aus dem Nebel. „Warten Sie! Ich komme zu Ihnen!"

Keine zwei Minuten später steht Frau S. neben ihm.

„Hallo, Herr Nachbar!" sagt Frau S. aufgeregt.

„Hallo Frau Nachbarin!" sagt Herr K. „Was ist denn *hier* passiert?"

Frau S. strahlt. Sie liebt es, die Erste zu sein, die Neuigkeiten, welcher Art auch immer, verbreitet. Und dann auch noch an Herrn K.!

„Eine Rauchbombe!" sagt sie mit weit aufgerissenen Augen. „Ach, was sage ich, es waren mindestens 10 Rauchbomben!! Alle hier platziert! Mitten in der Papenhuder Strasse!"

„Rauchbomben?" Herr K. runzelt die Stirn. „Wieso…"

„Von einer Sekunde zur anderen. Alles voller Rauch. Und das fast ohne jedes Geräusch! Buff! Einfach so! Es müssen Profis gewesen sein. Mehrere!" Frau S. redet sich in Rage. „Ein Attentat! Die planen was!"

„*Die??*" fragt Herr K.

„Die Rauchbombenleger! Die, die unsere Strasse hier ins Chaos gestürzt haben! Haben Sie nicht diesen furchtbaren Knall gehört?"

Herr K. nickt.

„Sehen Sie?!" fährt Frau S. aufgeregt fort. „Genau *das* meine ich: Erst alles einnebeln, uns quasi bewegungsunfähig machen, und dann zuschlagen!" Frau S.´ Stimme droht zu überschlagen.

„Nanana!" beruhigt Herr K., „nu mal ganz ruhig, Frau Nachbarin! Wer soll denn *hier*, in der Papenhuder Strasse, Chaos anrichten wollen? Und vor Allem: Warum?"

„Warum???" kreischt Frau S. aufgebracht. „Warum? Weil Krieg herrscht! Man will uns mürbe machen! Vertreiben will man uns!!"

In diesem Augenblick reißt der Nebel ein wenig auf. Ein Sonnenstrahl erhellt die nachmittägliche Szenerie.

„Mürbe machen." sagt Herr K. belustigt. „Vertreiben."

Er lacht.

Frau S. steht mit offenem Mund da. Beide sehen auf die Strasse: Am Straßenrand gegenüber steht ein Anhänger mit dem Schriftzug „Wir machen ihre Feier bunter!" und darunter „Wir lassen´s knallen!" Um den Anhänger herum liegen Teile, die an leere Silvesterraketen erinnern. Aus einigen quillt noch Rauch.

„Krieg!" grinst Herr K.

„Ach lassen Sie das!" zischt Frau S. Herrn K. an. Und ohne ein weiteres Wort zu sagen lässt sie Herrn K. stehen und geht rüber zum Anhänger.

Dort stehen bereits einige Menschen und diskutieren miteinander.

Auch Herr K. geht mit seinem Hund über die Strasse zum Anhänger.

„Die Sonne!" hört er in diesem Augenblick. „Die Sonne! Wenn diese Rauchpatronen länger als eine halbe Stunde ohne Abdeckung in der prallen Sonne stehen, dann gehen sie los! Da kann man dann nichts mehr machen!"

„Und der Knall?" fragt ein grauhaariger Herr, den Herr K.

hier noch nie gesehen hat.

„Der Knall", antwortet ein ebenfalls Unbekannter, der einen hellgrünen Overall mit demselben Slogan wie auf dem Anhänger trägt, „der Knall – *das* weiß ich auch nicht! Der kam jedenfalls *nicht* aus meinem Anhänger. Soviel steht fest!"

„Das sagen Sie!" faucht Frau S.. „Sie! Sie – Ruhestörer! Chaosstifter! Sie, Sie – Terrorist, Sie!"

Frau S. ist außer sich.

„Nu mal ganz ruhig, gute Frau!" sagt der Mann mit dem grünen Overall. „Is ja nichts passiert!"

„Da hatter Recht!" sagt Herr K lächelnd. „ *Wieso* eigentlich nicht?"

Die Anderen sehen ihn überrascht an. Ja, wieso eigentlich nicht? Kein Autounfall, kein Fahrradsturz, keine hupender Bus, kein Stau in der Papenhuder Strasse, wie sonst so oft.

Nichts.

Nichts ist passiert.

„Ja, das nennt man dann wohl Glück im Unglück!" schmunzelt die praktische Ärztin, deren Praxis sich in dem Haus befindet, vor dem der Anhänger steht. „Dann einen schönen Tag noch Allen!" Sie geht zurück ins Haus in ihre Praxis.

Inzwischen hat sich der Rauch fast ganz verzogen.

Der Anhängerbesitzer ist dabei, den Anhänger mit einer Plane abzudecken. „Denn man nichts für ungut!" sagt er zu den Umstehenden. „Und wenn Sie mal speschel iffeckts für ihre Feier brauche – einfach anrufen!" Er lacht und verteilt Visitenkarten. Dann steigt er in sein Auto und ist kurze Zeit später samt des Anhängers verschwunden.

„Pàh!" sagt Frau S. verächtlich. „Und da ist *doch* was faul! Da fress´ ich n Besen, wenn nicht!" Sie wirft die Visitenkarte in hohem Bogen weg. „Warten wir´s ab!" zischt sie beim Weggehen. „Da kommt noch was nach! Das war erst die Vorhut! Ich sach´s Euch, da kommt noch was nach!"

Herr K. beschließt, mit seinem Hund eine Runde zur Alster zu gehen.

Die Sonne scheint, und es wirkt in der Papenhuder Strasse beinahe so, als wäre nichts gewesen. Die letzten Rauchschwaden verziehen sich und der Nachmittag geht in den frühen Abend über.

III

Als es zu dämmern beginnt, kehrt die Frau, die am Mittag das Haus mit einem Paket in der rechten Hand verlassen hat, wieder zurück. Ohne Paket.

Bevor sie zurück ins Haus geht, das sie vorhin verlassen hat, greift sie zum handy. „Ja." sagt sie halblaut. Und wie zur Bestätigung nickt sie mehrmals mit dem Kopf. Sie scheint zufrieden.

Sie steckt das handy wieder in ihre rechte Manteltasche, schließt die Tür auf und tritt ins Haus. Auf ihrem Gesicht kann man ein zufriedenes Lächeln erkennen.

Gegenüber in einem Haus mit einer geraden Hausnummer sitzt Frau B. am Fenster, vor sich ein kleines Notizheft und einen Kugelschreiber mit dem Aufdruck der SPD.

„*Immer* zur gleichen Zeit!" murmelt sie, während sie in das Notizheft schreibt. „Fast auf die Minute genau!"

Sie notiert: „Rückkehr: 18:38. *Ohne* Paket. Kurzes Telefonat vor der Haustür. Zufriedenes Lächeln."

Es ist der vierundzwanzigste Eintrag in Folge, den Frau B. gemacht hat. Immer zwischen 12 Uhr 18 und 18 Uhr 37.

Herr K. kehrt von seinem Alsterspaziergang zurück. Vom Uhlenhorster Weg kommend biegt er rechts in die Papenhuder Strasse ein. Das Halsband seines Hundes ist nass, da dieser fröhlich vergnügt in der Alster gespielt hat.

„Ich werde es auf die Heizung im Bad legen." denkt er. „Dann ist es nachher bestimmt trocken."

Und falls das Leder dann etwas spröde sein sollte, von der Heizungswärme, dann, so beschließt er, cremt er es einfach mit Nivea ein. Damit es nicht scheuert.

Auch für die roten Pumps nimmt er gerne mal Nivea. Das macht sie geschmeidig und sie knarren nicht, wenn er in der Nacht die Treppe hinuntersteigt.

Aber noch hat er Zeit. Der Abend hat gerade erst begonnen, und die Nacht ist noch jung.

An den Fenstern der Wohnung von Marion sind die Vorhänge noch immer zugezogen. Sie hat das Sofa seit dem plötzlich auftretenden Nebel nicht mehr verlassen. Der Stapel benutzter Taschentücher ist beträchtlich gewachsen.

Vor ihrer Haustür versucht ein aufgeregter schwarz-weißer Rüde mittlerer Größe eine Pudelmischlingshündin zu bespringen. Die ist völlig uninteressiert und macht keinerlei Anstalten zur Unterstützung. Der Rüde rutscht immer wieder ab und gibt schließlich auf. Die Hündin schüttelt sich kurz und läuft zurück in das Restaurant, aus dem sie gekommen ist.

Für den Rüden ist der Abend gelaufen.

IV

Als alle Geschäfte geschlossen haben, ist es für einen Moment ganz ruhig.
Doch schon kurze Zeit später kommt Bewegung in die Papenhuder Strasse. Anwohner kommen von der Arbeit nach Hause, die ersten Gäste der Restaurants fahren vor. Parklücken werden frei, nur um im nächsten Augenblick schon wieder gefüllt zu werden.
Es dämmert.
Die ersten Sterne zeigen sich am Himmel.

Marion ist vom Sofa aufgestanden. Die Augen rot verweint und verquollen schleicht sie in die Küche.
„Nie wieder Erdbeeren!" denkt sie. Erdbeeren waren das Letzte, das sie mit ihrem Sänger voller Wollust gegessen hat. „Alles", hört sie sich selber sagen, „aber *nie* wieder Erdbeeren!!"
Sie öffnet den Kühlschrank und nimmt sich einen Erdbeerjoghurt.

Unterdessen füttert Herr K. seine Rüdin. Die frisst den Napf leer und rollt sich dann gemütlich auf dem Sofa zusammen.
Herr K. prüft im Bad, ob das Hundehalsband schon trocken ist.

Zeitgleich beginnt eine junge Schriftstellerin ihren ersten Roman.

Herr K. tritt lächelnd ans Fenster.

Draußen huscht die Prominenz vom Taxi ins Restaurant schräg gegenüber.

Bei Herrn K. beginnt die Vorfreude.

Er wartet nur noch darauf, dass das Halsband vollkommen trocken ist. Dann kann es losgehen.

Marion ist übel. Sie spuckt den ganzen Erdbeerjoghurt wieder aus.

Dann geht sie ins Bett, zieht sich die Decke über den Kopf und schläft nach kurzer Zeit ein.

Herr K.s Vorfreude wächst.

Er freut sich geradezu diebisch.

Endlich!

Heute!

Sein großer Tag!

Beziehungsweise seine große Nacht! *Wie* lange hat er *diesen* Augenblick herbei gesehnt! Und nun ist es endlich soweit!

Er holt die große Dose Nivea unter dem Bett hervor und stellt sie auf die Kommode.

Im Hintergrund hört er seine Rüdin schnarchen.

„Die Pumps" denkt er, „die Pumps können bestimmt auch ein wenig Nivea gebrauchen."

Er liebt es, Schuhe mit Nivea einzucremen. Mit der Hand. Überall, so dass alle Teile weich und geschmeidig werden und gefällig in der Hand liegen. Am Ende noch mit einem besonders weichen Tuch nachreiben, bis alles glänzt.

Ach, wie er das liebt!

Auch das Hundehalsband cremt er sorgfältig mit den Händen ein. In einer Hand so richtig viel Creme, und dann mit der anderen Hand das lederne Halsband langsam durch die Creme ziehen.

„Diese Vorbereitungen törnen mich direkt an!" stellt er grinsend fest.

Seine Pekinesenhündin schnarcht währenddessen im Wohnzimmer vor sich hin.

Ein paar Häuser weiter erwacht Marion in ihrem Bett.

Ihr ist übel.

Sie schafft es im Halbschlaf gerade noch ins Bad. Dort übergibt sie sich ins Klo.

„Scheiß Joghurt!" sagt sie matt. „Und Scheiß Sänger!" Sie übergibt sich noch mal.

Dann kehrt sie zurück in ihr Bett. Sie zieht sich wieder ihre Decke über den Kopf und fällt in einen erschöpften und doch unruhigen Schlaf.

Von einem Eckhaus fällt aus dem obersten Stockwerk wie von Geisterhand gestoßen ein Stiefmütterchen samt Topf auf die Straße und knallt knapp hinter einem vorbeigehenden Fußgänger auf den Bürgersteig. Dieser ist so in ein Telefonat vertieft, dass er nichts mitbekommt.

Im obersten Stockwerk wird langsam und lautlos ein Fenster geschlossen. „Fünfeinhalb Sekunden!" sagt eine Stimme dabei halblaut. „Ich muss noch genauer zielen! Dann könnte es klappen!" Mit einem kaum hörbaren ´Klack´ schließt sich das Fenster.

In einer Dachwohnung auf der ungeraden Hausnummernseite näht ein Junggeselle einen Knopf an sein Lieblingshemd. Da er kein anderes Garn hat, nimmt er dazu orangefarbenen Zwirn.

Unter ihm in der Wohnung fliegt ein Wellensittich von der Küche ins Wohnzimmer und zurück. Dabei kackt er mehrmals auf die Auslegeware.

Im Hinterhof desselben Hauses sucht ein läufiger Kater eine willige Katze.

Herr K. ist unterdessen mit seinen Vorbereitungen fertig. Er strahlt. Jetzt kann es losgehen!

Fast ehrwürdig legt er noch das Hundehalsband um seinen Hals. Dann clipst er die Hundeleine daran. Stringtanga und schwarze Strapse hatte er schon den ganzen Tag an.

Probeweise.

Jetzt allerdings trägt er alles ohne die biedere Tuchhose darüber.

Zum Schluss schlüpft er in die roten Pumps. Mmmh, wie gut sich alles anfühlt!

„Es kann losgehen!" sagt er zu seinem Spiegelbild im Flur.

Ein letzter Blick zu seiner schlafenden Hündin, dann wirft er sich seinen schwarzen Seidenmantel über, schleicht leise aus dem Wohnzimmer, zieht die Wohnungstür hinter sich zu, geht die Treppe runter und betritt um kurz nach Mitternacht die Papenhuder Strasse.

Er lächelt zufrieden.

Vor dem edlen Restaurant tritt ein prominenter Talkmaster in einen Hundehaufen. Er flucht und versucht, die Hundekacke am Kantstein abzukratzen. Es gelingt ihm mehr schlecht als recht.

Marion wälzt sich in ihrem Bett hin und her.

Sie träumt.

Von Erdbeerjoghurt, Klobrillen und Papiertaschentuchbergen.

Herr K. sieht kurz nach rechts und dann nach links, und huscht dann auf seinen roten Pumps in Richtung Hartwicusstrasse.

Für ihn hat die Nacht gerade begonnen.

V

Frau S. geht um kurz nach Mitternacht ebenfalls noch einmal auf die Strasse. Etwas tief in ihrem Inneren lässt sie wohlig erschauern bei dem Gedanken an den Anblick von Herrn K. vergangene Nacht und treibt sie nach draußen.

Doch sie hat kein Glück.

Obwohl sie eine Zeit lang im Hauseingang verharrt, dann ein paar Schritte auf und ab geht, sieht sie weit und breit nichts von Herrn K. Enttäuscht geht sie zurück in ihr Haus und fährt mit dem Fahrstuhl hoch in ihre Wohnung.

Was sie nicht weiß, ist, dass sie Herrn K. nur knapp verfehlt hat.

Der ist inzwischen am Kanal angekommen und taucht in der Dunkelheit unter.

Er lächelt.

Er genießt jeden Schritt, den er in seinen roten Pumps macht. Wie anders sein Gang ist, wie anders sich seine Hüften beim Gehen anfühlen!

„Wunderbar!" denkt er. „Das Leben ist doch schön!"

Herr K. strahlt.

Währenddessen putzt sich Frau S. die Zähne. Sie ist frustriert.

„Mein Leben ist echt öde!" denkt sie.

Sie schaut in den Spiegel. Was sie dort sieht, gefällt ihr gar nicht.

Doch dann gehen ihre Gedanken wieder zu Herrn K.

„Der hat ein aufregendes Leben!" sagt sie zu sich selber. „Wenn ich nur wüsste, was er so treibt?"

Ihre Stimmung hebt sich.

„Ich werde schon rausbekommen, was für Sauereien er da nachts macht!" denkt sie und gurgelt.

Eine ungekannte Erregung erfasst ihren Körper.

Doch das merkt Frau S. gar nicht.

Stattdessen bürstet sie besonders kraftvoll ihre Haare, cremt ihr Gesicht und ihre Hände kraftvoll und ausgiebig mit kamillenhaltiger Feuchtigkeitscreme ein und geht dann ins Bett.

Zwei Häuser weiter umfasst ein Mann im Wohnzimmer ihrer Dachgeschoßwohnung von hinten seine Frau. Er denkt dabei an seine venezuelanische Ex-Freundin, die sich extra für ihn reichlich Silikon einpflanzen ließ.

Er wird wehmütig.

Ein zweiter Blumentopf fällt aus demselben Eckhaus wie vorhin. Wieder landet er auf dem Bürgersteig. Auch dieses Mal wird niemand getroffen, und das Einzige, was kurz nach dem Aufprall zu hören ist, ist wieder nur ein leises `Klack`.

Auf der Fensterbank ihres Wohnzimmers liegt das Notizbuch von Frau B. Daneben der Stift. Der SPD-Aufdruck wird vom Mondlicht beschienen.

Die junge Schriftstellerin hat das erste Kapitel ihres Romans fast fertig. Sie trinkt französischen Rotwein und ist so ins Schreiben vertieft, dass sie nicht bemerkt, wie die Zeit vergeht.

Sie ist glücklich.

VI

„Ein Traum wird wahr!" denkt Herr K., während er auf dem sandigen Fußweg an der Alster Richtung Innenstadt geht. Jedes Auftreten mit den schmalen hohen Absätzen seiner roten Lackpumps beglückt ihn.

Auch wenn es durch den aufkommenden Wind etwas kühl geworden ist, und er sich fester in seinen Seidenmantel einwickelt, so kann doch nichts seine Stimmung trüben.

Die Hundeleine in der rechten Hand, überprüft er mit der linken den Sitz des Halsbandes. Wie geschmeidig es sich anfühlt! Und wie gut auf der Haut! Ja, heute ist die richtige Nacht! Da ist er sich sicher.

In ihrem abgedunkelten Kirschholzschlafzimmer wälzt sich Frau S. unruhig in ihrem Bett hin und her. Die Gedanken an Herrn K. lassen ihr selbst im Schlaf keine Ruhe.

Schließlich steht sie auf, legt sich eine rosafarbene Kunstfaserhäkelstola um die Schultern, geht in die Küche und trinkt zwei Klare auf ex.

Mit einem tiefen Stoßseufzer sinkt ihr Kopf auf die Resopalplatte ihres Küchentisches. Binnen einer halben Minute ist sie eingeschlafen.

Für die nächsten drei Stunden schnarcht sie in ihrer Küche vor sich hin.

Auf ihrem Balkon sitzt eine Ratte.

In einem Haus mit einer ungeraden Hausnummer packt eine junge Frau erneut ein Paket.

Die nahe Kirchturmuhr schlägt Viertel vor eins.

Die junge Frau lächelt.

Im fahlen Licht der Stehlampe neben ihr wirkt ihr Gesicht beinahe unwirklich.

Mit einem letzten festen Ruck an der besonders stabilen Paketschnur zurrt sie das Ganze zusammen. Noch schnell eine kräftige Schüttelprobe, dann stellt sie das Paket zufrieden auf den Küchentisch.

Ihre Gesichtszüge entspannen sich.

„Nummer 25." sagt sie halblaut zu sich selber.

Sie löscht das Oberlicht in der Küche, knipst die Stehlampe aus und geht ins Bad.

Auch über ihren Balkon läuft eine Ratte.

VII

Kurz nach 1Uhr nachts schlüpft eine zierliche Gestalt aus einem der Gründerzeithäuser. In der einen Hand trägt sie eine kleine Papiertüte. Sie huscht auf die andere Straßenseite und bleibt dort für einen Moment stehen.

Sie sieht nach rechts und links und lauscht in die Nacht. Noch ist es nicht vollkommen ruhig in der Papenhuder Strasse. Aber genau *das* macht ja den Reiz aus!

Blitzschnell taucht die zierliche Person in die Dunkelheit des nächsten Hauseinganges ein. Dann geht alles ganz schnell. Drei, vier Handgriffe, und schon ist sie fertig. Unbemerkt löst sie sich aus dem Dunkel und geht langsam die Papenhuder Strasse weiter in Richtung Hofweg.

Frau S. schnarcht noch immer auf der Resopalplatte vor sich hin.

Unterdessen knabbert die Ratte auf dem Balkon an den Keksen, die Frau S. am Nachmittag dort hat stehengelassen.

Frau S. kriegt davon nichts mit. Die beiden Klaren haben sie k.o. gesetzt.

„Drei Häuser heute Nacht!" denkt die zierliche Person mit der kleinen Papiertüte in der Hand. „Drei Häuser mehr!"
Sie grinst.

Inzwischen ist Herr K. kurz vor dem Atlantic.
Sein Herz beginnt schneller zu klopfen.

Die junge Schriftstellerin setzt ein Ausrufezeichen hinter den letzten Satz und lächelt glücklich. Das erste Kapitel ist fertig!
Sie trinkt den französischen Rotwein aus und geht auf den Balkon. Sie schaut in den Himmel.
„Danke!" flüstert sie.
Dann schließt sie die Augen und lauscht in die Nacht.

Zum zweiten Mal in dieser Nacht taucht die zierliche Person kurz in den Schatten eines Hauseinganges ein, um dann nach etwa einer Minute wieder auf der Strasse aufzutauchen.
Sie bewegt sich nahezu geräuschlos.
Nur ein leichtes Knistern der Papiertüte sowie ein kaum wahrnehmbares `Plock` sind für einen Bruchteil von Sekunden zu hören.

Die Ratte auf dem Balkon von Frau S. hat alle Kekse aufgegessen.
Sie rülpst und klettert ein Stockwerk tiefer.

Herr K. steht an der Ampel vor dem Atlantic und wartet auf grün.
Sein Herz klopft jetzt wie wild.

Frau S. träumt unterdessen von Rauchbomben, nackten fliegenden Männern, die durch Hundeleinen miteinander verbunden sind und von sich selber als einer mit Loreley gleichem Haar gesegneten jungen Frau.

Sie seufzt tief im Schlaf.

Auch Marion seufzt laut. Doch nicht, weil sie träumt, sondern weil sie nicht schlafen kann. Wie soll sie nur jemals den Sänger und seine Erdbeeren vergessen!

Grün.
Herr K. überquert die Strasse und steht nun vor dem Atlantic.

Hinter ihm hält ein Auto und hupt wie wild. Das Fenster wird heruntergekurbelt.

„Hey Süßer! Wie wär´s mit uns beiden?" ruft es aus dem Auto.

Doch Herr K. reagiert nicht. Das Einzige, was er hört, ist sein Herz, das wie rasend schlägt und sein Blut, das ihm in den Ohren rauscht.

„Jaaa!" haucht er, und auf seinem Gesicht erscheint ein Strahlen.

Kurz vor dem Hofweg bückt sich die zierliche Gestalt zum dritten Mal kurz weg. Ein Rascheln, ein Tupfen und wieder ein Rascheln, und schon steht sie wieder aufrecht auf dem Bürgersteig.

„Nummer Drei!" sagt sie zu sich selber. Zufriedenheit breitet sich in ihr aus.

Die Mission dieser Nacht ist erfüllt.

Schlendernd überquert sie die Strasse und kehrt zurück zu ihrem Haus.

„Já!" sagt sie beim Aufschließen der Haustür triumphierend.

Dann steigt sie die Stufen zu ihrer Wohnung hoch.

„Jetzt oder nie!" denkt Herr K.

Er entscheidet sich für ´jetzt´ und geht los. Die schwere Drehtür des Grandhotels setzt sich langsam in Gang.

„Nimm mich mit!" ruft Frau S. im Tiefschlaf und rudert mit dem rechten Arm in der Luft herum. Im Traum versucht sie, die Hundeleine von Herrn. K. zu ergreifen, um mit ihm in den Himmel zu fliegen.

„Nimm mich mit!" ruft sie noch einmal. Doch Herr K. ist ihren Träumen entflogen.

Das kurzzeitig auftauchende Mondlicht scheint auf ihren Balkon und auf den Teller. Die Ratte hat außer ein paar Krümeln nicht übrig gelassen.

Frau S. stöhnt laut auf im Schlaf.

Am Pförtner vorbei und durch die große Drehtür hindurch betritt Herr K. das Atlantic. Der hochflorige, weiche, meerblaue Teppich schluckt die Geräusche seiner Schritte.

Es ist kurz vor halb zwei.

Die junge Frau an der Rezeption schaut kurz auf, nickt Herrn K. zu, lächelt und vertieft sich dann wieder in ihre Tagesbilanzen.

Herr K. durchschreitet das gesamte Foyer und biegt am anderen Ende links in den Gang ein. Er steuert zielstrebig auf die Waschräume zu. Hinter der mit dem Symbol für Herren gekennzeichneten Tür verschwindet er.

10 Minuten später kommt er wieder heraus.

Herr K. lächelt.

Er sieht leicht verändert aus.

In der Papenhuder Strasse hat es den Anschein, als ob sich die Nacht weitestgehend ruhig und normal gestalten würde. Selbst die Ratten haben es sich gemütlich gemacht.

Eine von ihnen liegt auf einem Balkon im 2.Stock zusammengerollt in einer Ecke und fühlt sich wohl.

Für Herrn K. allerdings hat das Abenteuer gerade erst begonnen.

VIII

Als die ersten Strahlen der Frühlingssonne über die Dächer der Papenhuder Strasse blinzeln, ist der Morgen schon vorangeschritten.

Frau S. erwacht mit einer Beule am Kopf. Im Tiefschlaf ist sie vom Tisch auf den Boden geknallt, dabei kurzfristig aufgewacht, zum Bett gewankt und dort sofort wieder eingeschlafen.

Nun fasst sie sich an den Kopf und fühlt das Horn auf der Stirn. Es erinnert sie an die zwei Klaren und an die Enttäuschung, Herrn K. am vorigen Abend nicht gesehen zu haben. Die Enttäuschung schmerzt Frau S. mehr als das Horn.

„Verdammt!" sagt sie zu sich selber.

Dann geht sie ins Bad und sucht nach einer Sportsalbe.

Vor dem Café sind zwei der sechs kleinen Tische besetzt.

Die Sonne scheint.

Alles ist friedlich.

Die Leute trinken ihren Kaffee, essen ein Stück Gebäck oder ein halbes belegtes Brötchen und lesen die Schlagzeilen des Tages.

An einem der Tische nimmt eine zierliche junge Frau Platz. Sie lächelt und ist mit sich und der Welt zufrieden.

An ihrer rechten Hand ist Farbe. Dieselbe Farbe wie in dem Glas, das sich gestern Nacht in einer kleinen Papiertüte befand.

Sie bestellt einen Milchkaffee und ein Croissant. Dann lässt sie ihren Blick über die Straße schweifen. An ein, zwei Türeingängen bleibt ihr Blick hängen. Ebenso wie an einem

Mauervorsprung neben einer Treppe, die in einen Keller führt.

„Ja, drei weitere schöne Stellen." denkt sie lächelnd und rührt Zucker in ihren Milchkaffee.

In diesem Moment erreicht ein sehr kleiner Hund das nahe gelegene Restaurant. Vor diesem steht der Lieblingsbaum des kleinen Hundes.

Der Hund grinst.

„Jawohl! Hier bin ich!" denkt er. „*Ich!*"

Er pinkelt selbstverliebt an den Baum.

Frau S. fühlt sich schlecht.

Ihr ist übel.

Sie hat keinen Appetit und möchte nicht mal einen winzigen Bissen zum Frühstück essen.

„*Was macht* er bloß?" denkt sie. Der Gedanke an Herrn K. lässt sie nicht los.

„Ich *muss* wissen, was er in der Nacht macht. Ich *muss* es wissen! Ich *muss*!"

Sie geht auf den Balkon.

Obwohl sie sich wundert, dass die Kekse, die sie gestern Nachmittag auf dem Teller auf dem kleinen Tisch hier auf dem Balkon liegen gelassen hat, nicht mehr da sind, nimmt sie bloß den leeren Teller, schüttelt den Kopf und geht wieder rein.

„Was *macht* er bloß? *Was*?" murmelt sie vor sich hin und schließt die Balkontür hinter sich.

Marion erwacht.

Ihre Übelkeit ist verschwunden, aber als sie an gestern denkt, zieht sie sich die Decke noch weiter über den Kopf und hofft, dass sie das Alles nur geträumt hat.

Die Vorhänge in ihrem Wohnzimmer bleiben auch am heutigen Tag geschlossen.

Ein Topf Salbei kränkelt im Nachbarhaus vor sich hin.

Nur wenige Hausnummern von Marion entfernt liegt Herr K. zufrieden und glücklich lächelnd in seinem Bett.
  Die roten Pumps liegen neben ihm auf dem Kopfkissen, Strapse und halterlose Strümpfe hängen über dem Fußende des Bettes.
  Der gestrige Abend war ein voller Erfolg!
  Besser gesagt die gestrige Nacht!
  Es war berauschend!
  Er hat einfach Alles gegeben! Und ist so reich belohnt worden!
  Herr K. lächelt im Schlaf.
  „Das war nicht das letzte Mal!" flüstert er im Schlaf.
  Seine Rüdin, die an seinem Fußende liegt, erwacht kurz und sieht zu ihm hoch. Als sie merkt, dass er nicht sie meint, legt sie ihren Kopf wieder hin und schläft weiter.
  „Das war nicht das letzte Mal!" flüstert Herr K. erneut. „Danke! Danke danke danke!"
  Er streichelt mit der Hand über das Kopfkissen und über die roten Pumps neben ihm. Dann beugt er sich über Beides, küsst es, streicht noch einmal langsam mit der Hand darüber und schläft im nächsten Moment schon wieder tief und fest.
  Im Schlaf hält er das Kopfkissen umklammert.

Der weitere Tag in der Papenhuder Strasse verläuft normal und weitestgehend unauffällig.
  Lieferanten kommen und gehen.
  Menschen bleiben vor Schaufenstern stehen, sehen hinein und betreten das Geschäft oder beschließen, weiterzugehen. Andere klönen ein wenig zusammen in der Sonne.
  Babys werden von ihren Müttern und Vätern die Stufen zu ihrem Haus hochgetragen.
  Der Linienbus fährt brummend im Slalom durch die auf der Strasse parkenden Autos hindurch.

Radfahrer fahren in gemächlichem Tempo ihrem Ziel entgegen oder zischen in einem Affenzahn und wie vom Teufel verfolgt an den Häusern und Geschäften vorbei.

Fenster werden geputzt und Mülleimer geleert.

Kranke gehen zum Arzt oder in die Apotheke.

Eine Ratte huscht in einen Hinterhof.

Ein griesgrämiger Hausbesitzer tyrannisiert mit seiner Stimmung das gesamte Haus.

Eine strahlend freundliche Geschäftsfrau verbreitet eine wunderbare Atmosphäre um sich herum.

Die ansonsten so frustriert wirkende Polizistin, die meistens mit grimmigem Gesichtsausdruck Streife geht und Falschparker aufschreibt und solche, deren Parkschein seit zwei Minuten abgelaufen ist, wirkt gelassener als sonst, und auf dem Gesicht eben dieser Polizistin erscheint heute tatsächlich so etwas Ähnliches wie ein Lächeln.

Ein eifriger Müllmann fegt den Gehweg.

Eine engagierte und zuverlässige Postbotin geht ihrem Dienst nach und ein paar Gerüstbauer machen auf ihrem Gerüst Kaffeepause.

Und irgendwann ist dann der Tag vorüber und die Restaurants bereiten sich auf den Abend vor.

Eine normale Straße in einer normalen deutschen Großstadt an einem normalen Frühlingstag.

So hat es den Anschein.

Doch hinter jedem Anschein ist reichlich Platz für diverse Realitäten, Paralleluniversen und all das, was im Verborgenen besonders gut wächst.

Jeder Anschein braucht eine Fassade. Nur so kann er, neben der Aufgabe des sich Präsentierens, auch die Funktion wahrnehmen, das Dahinterliegende vor neugierigen Blicken zu schützen und gegebenenfalls zu verbergen.

Ein Anschein ist immer nur ein Schein. Ein Hauch in der Atmosphäre.

Und doch wird so viel Wert darauf gelegt, selbigen zu wahren. So als wäre er Wahrheit und Realität in Einem. Und dabei ist er meistens nur überzogen mit dem Zuckerguss der Augenwischerei.

IX

Ein paar Tage später scheint wieder die Sonne. Alles geht seinen gewohnten Gang.

Es liegt eine sanfte, laue, ganz und gar frühlingshafte Atmosphäre über der Papenhuder Strasse.

Die Vögel zwitschern, der Bäcker hat wieder die Tische und Stühle rausgestellt, und die meisten Menschen haben ein Lächeln auf dem Gesicht. Es duftet nach frischem Grün und warmen Croissants.

Die junge Schriftstellerin bestellt sich eine Schale Milchkaffee und setzt sich dann draußen in die Morgensonne an einen der Tische vor dem Café.

Sie genießt die französische Atmosphäre.

Gestern hat sie ein weiteres Kapitel ihres Buches beendet. Danach hat sie wunderbar geschlafen und sich schon beim Aufwachen auf die Schale mit dem heißen Milchkaffe gefreut.

Am Nebentisch nimmt ein bekannter Schauspieler Platz.

Er hat eine Zeitung unter dem Arm und ein neues Drehbuch, das er bei seinem Spaziergang an der Alster studieren will.

Auch er bestellt sich einen Milchkaffee

Es scheint, als ob heute selbst die Hunde lächeln, so hell und fröhlich ist die Stimmung.

Und als hielte ihn nichts drin in der Wohnung, drängt es auch Herrn K. hinaus in den Frühling.

Er strahlt, als er das Haus verlässt, hinter ihm wie immer seine junge Hündin. Auch sie springt und tollt voller Lebenslust und wirkt, als würde sie gleich „Juhu!" rufen.

Ein Lied auf den Lippen geht Herr K. die Papenhuder Straße in der Morgensonne Richtung Kanal. Nichts kann seine fröhliche Stimmung heute trüben, so glücklich ist er!

Selbst Marion scheint etwas von dem Strahlen zu spüren, dass sich vor ihren Fenstern zeigt.

Sie ist aufgestanden, hat geduscht und sich die Haare gewaschen, und geht nun zum Fenster, um die Gardinen zu öffnen, die seit mehreren Tagen und Nächten das Leben draußen abgedunkelt haben.

Sie seufzt tief.

Der Salbeitopf, der im Hinterhof zu vertrocknen schien, hat zwei neue hellgrüne winzig kleine Blätter bekommen.

Frau S.` Beule ist beinahe verschwunden. Nicht aber ihr verbissener negativer Gesichtsausdruck.

Sie hatte gestern gegen Mitternacht wieder vergeblich im Schatten des Hauseinganges darauf gewartet, Herr. K. zu sehen. Gehofft hatte sie, gebangt, als die Zeit verging und er nicht kam. Heimlich folgen wollte sie ihm. Sie wollte sehen, was er so treibt. Wieso sein Leben so glücklich und erfüllt ist!

Doch wieder war es vergebens. Herr K. kam nicht.

Noch deprimierter als am Tag zuvor schlich Frau S. schließlich wieder die Treppen zu ihrer Wohnung hoch und zischte noch im Flur „Verdammter Mistkerl!".

Sie knallte die Wohnungstür wütend zu.

Bevor sie ins Bett ging, genehmigte sie sich wieder zwei Klare, diesmal zwei große, schlüpfte in ihr Streublümchennachthemd aus gestärkter Baumwolle und schlief, ihre Unzufriedenheit umarmend, ein.

Was sie nicht wusste war, dass Herr K. an diesem Abend gar nicht los war.

Er genoss einen ruhigen und seligen Abend und eine ebensolche Nacht in seinem Bett. Er sammelte Kräfte, bevor es richtig losgehen sollte.

Ein wahrhaftiges Abenteuer wartete auf ihn!

Im obersten Stockwerk eines Eckhauses wird leise ein Fenster geöffnet und ein Blumentopf samt Pflanze darin nahe der Dachkante platziert.

Dann wird das Fenster wieder geschlossen.

„Wenn Arroganz einen Namen hat, dann ist es der von Frau P." denkt die junge Schriftstellerin grinsend, als ihr Blick auf die sich öffnende Haustür gegenüber fällt. „Eindeutig ein Selbstwertproblem!"

Im nächsten Moment ist sie schon wieder ins Schreiben vertieft. Denn das tut sie fast überall und an manchen Tagen beinahe ununterbrochen, sei es im Stehen, im Gehen, beim Essen oder beim Trinken, beim Einkaufen, im Bus oder in der Bahn.

Es ist, als ob sie erst komplett ist mit Stift und Papier.

Frau P. stolziert in der Zwischenzeit in der Straße auf und ab und wirkt verspannt wie ein klemmender Regenschirm.

Frau S. gießt gerade ihren Lieblingskaktus, als sie draußen Herrn K. fröhlich pfeifend vorbeigehen sieht.

Ohne es zu merken, ertränkt sie den Kaktus.

Ein Hund mittlerer Größe läuft am Café vorbei, bleibt dann stehen und sieht den Schauspieler an.

Der lächelt dem Hund zu und sagt mit seiner wunderbaren Stimme: „Na, Du Schöner? Wer bist *Du* denn?"

Woraufhin der Hund näher kommt, sich ausgiebig kraulen lässt und dann, auf einen Pfiff aus weiter Ferne, davonrennt.

Der bekannte Schauspieler trinkt seinen Milchkaffee aus und geht dann in Richtung Hofweg.

Die junge Schriftstellerin hat eine Schreibpause eingelegt und beobachtet das Leben, das sich vor ihren Augen abspielt. Sie genießt es, Zeit zu haben und ihrer Kreativität Raum zu geben.

Sie lächelt.

Ja, sie ist glücklich!

Hier, in diesem Moment, an dieser Stelle, mit ihrem Heft und ihren Stiften, dem Milchkaffee, der Sonne, die sie angenehm wärmt, und all den Menschen um sie herum.

„Ich bin Zuhause." denkt sie. Und ihr wird ganz warm ums Herz.

„12 Uhr 18. Na bitte!"

Frau B. zückt ihren Stift, den mit dem Aufdruck der SPD, und notiert zum 25. Mal in Folge in ihr Notizheft: „Haus verlassen. Paket mittlerer Größe in der rechten Hand, fröhlicher, beinahe listiger Gesichtsausdruck."

Dann legt sie Stift und Heft zurück auf die Fensterbank.

Währenddessen ist die Person, der Frau B.s Aufmerksamkeit gehört, schon an der Mundsburger Brücke angelangt und steigt, von Frau B. unbemerkt, in den Bus ein.

Lächelnd und mit einem Paket in der rechten Hand.

Herr K. macht heute einen ausgedehnten Alsterspaziergang. Er atmet die laue Frühlingsluft tief ein und aus.

Es ist herrlich! Er fühlt sich frei und leicht.

Auch sein Hund ist glücklich und spielt mit den anderen Hunden auf der Wiese.

Die Sonne scheint, es weht ein weicher frischer Frühlingswind und die ersten Blumen blühen.

Auf der Alster fahren Segelboote einträchtig neben Alsterdampfern, und zusammen mit den leuchtend weißen Schwänen, die seit einer Woche ihr Winterquartier verlassen haben, ist es einfach ein wunderbarer Anblick!

Herr K. liebt diesen Anblick! Für ihn ist hier, auf der Uhlenhorst, an der Alster, der schönste Platz der Welt!

Ja, das Leben ist schön!

Nur Frau S. lächelt heute nicht.

Sie ärgert sich sogar über all die fröhlichen Menschen.

Sie ist neidisch und frustriert. Was sie sich aber niemals eingestehen würde.

Stattdessen sind für sie die Anderen dafür verantwortlich, wie es ihr geht. Und die Anderen – bäh! Alles Idioten! Es ist deren Schuld, dass ihr Leben nicht schön ist!

Idioten!

Alle!

Herr K. und sein Hund sind auf dem Weg zurück nach Hause.

An der „Alsterperle" genießt Herr K. noch einen Cappuccino und seine Rüdin das Stück Wurst, das Stammhunde hier immer geschenkt bekommen.

„Ein phantastischer Platz!" denkt Herr K. und ist rundum glücklich.

Eine Viertelstunde später gehen sein Hund und er langsam über die Wiese am Schwanenwik.

Kurz hinter der Ecke Uhlenhorster Weg/Papenhuder Straße kauft Herr K. noch frischen Rosmarin und eine halbe frische Ananas in dem kleinen Gemüseladen.

Dann schlendern Beide gemütlich ihrem Zuhause entgegen.

Rosmarinkartoffeln.

Herr K. freut sich schon auf den wunderbaren Duft, der gleich seine Wohnung durchziehen wird.

Er lächelt.

Ja, Rosmarinkartoffeln wird er sich gleich machen. Rosmarinkartoffeln und Sonnenschein. Was für eine wunderbare Kombination!

Und tatsächlich durchzieht nur knapp eine Dreiviertelstunde später der Duft von frischem gerösteten Rosmarin und in Butter gebackenen Kartoffeln die sonnendurchflutete Wohnung von Herrn K.

X

Es regnet.

Der neue Tag begann sonnig, aber nun hat es sich eingeregnet.

Gleichmäßig und mit sanftem Klopfen fällt der Regen auf die Papenhuder Straße. Die meisten Menschen gehen schneller als sonst, so, als wollten sie unter den Regentropfen hindurchhuschen.

Frau B. hat den Fernseher angestellt. Bei Regen stellt sie gerne mal den Fernseher schon vormittags an. An Tagen wie diesen macht sie dann manchmal noch Kreuzworträtsel nebenbei. Je nachdem, was im Fernsehen so läuft.

In das neueste Kreuzworträtsel in ihrer gerade erschienen Lieblingszeitschrift vertieft, hört sie nur mit halbem Ohr, was der Nachrichtensprecher des Hamburger

Regionalsenders gerade berichtet: „… und erst durch diese vielen Spenden auch aus Deutschland war es möglich, die Notlage im Südosten des Landes zu mildern…"

Griechischer Dichter der Antike mit 8 Buchstaben. Frau B. denkt nach. Mit der Antike hatte sie es noch nie so.

„…dieses Mal eine ungewöhnliche Aktion, bei der alle Spender ihr Paket zur gleichen Zeit abgegeben haben, egal, wo in Hamburg. Dadurch konnten…"

Frau B. lässt den antiken Dichter aus Griechenland unausgefüllt.

„…immer zwischen 12 Uhr 50 und 13 Uhr 10. …"

„Möhren!" ruft Frau B. „Gesundes Gemüse mit M am Anfang und sieben Buchstaben! Mo-e-h-ren!"

Sie freut sich.

Strahlend blickt sie auf und sieht zum Fernseher. Dort sagt der Sprecher gerade Etwas von den vielen Spendern, die nach Abgabe ihres Paketes oft noch ehrenamtlich mitgearbeitet haben bei der Organisation. Oft über mehrere Stunden hin. „…Ihnen gebührt unser großer Dank!"

Frau B. nimmt die Fernbedienung in die Hand und schaltet durch die Programme.

Plötzlich schaut sie auf die Uhr. Sie springt auf und läuft zum Fenster.

Gerade noch rechtzeitig, um zu sehen, wie die junge Frau von schräg gegenüber die Stufen ihres Hauses hinuntergeht. Wieder mit einem Lächeln auf dem Gesicht und einem Paket in der linken Hand.

Frau B. schnappt sich Heft und Stift, die, wie jeden Tag, griffbereit auf der Fensterbank platziert sind, und notiert ihre Beobachtungen samt Uhrzeit.

Dann kehrt sie zurück zu ihren Kreuzworträtseln.

Herr K. hat es sich mit seiner Hündin auf dem Sofa gemütlich gemacht. In den Händen hält er einen großen braunen Briefumschlag.

Er lächelt.

Nun ist es so weit: Ein Traum geht in Erfüllung. Gleich wird er ihn in seinen Händen halten.

Gleich.

Wenn er den Briefumschlag geöffnet und das Dokument entnommen hat.

Das erste Mal in seinem Leben!

Sie haben es ihm schon am Telefon gesagt, und gleich wird er es schwarz auf weiß in den Händen halten.

Da hatte er erst weiße Haare bekommen müssen, bevor er *das* erleben durfte!

Herr K. zögert den Moment des Briefumschlagöffnens noch ein wenig heraus. Zu groß ist seine Freude darüber, dass es nun soweit ist!

Das sanfte Klopfen des Regens an die Fensterscheiben und das unverwandte Ansehen des Briefumschlages versetzen Herrn K. in eine Art Trance.

Er lächelt selig.

Dann küsst er den Briefumschlag.

Die junge Schriftstellerin hat sich einen heißen Tee eingegossen, und sitzt nun auf einem großen weichen Kissen auf der Fensterbank ihres Wohnzimmers. Im ganzen Raum hat sie Kerzen angezündet. Sie liebt das Licht und die Wärme von Kerzen.

Und sie mag den Regen.

Für eine Weile sieht sie aus dem Fenster, ganz versunken in den Anblick des Gartens im Regen, in die unzähligen fallenden Regentropfen und in das Geräusch, das die Regentropfen den Blättern entlocken.

Dann beginnt sie zu schreiben.

Ein Hund mittlerer Größe tritt mit seinem Besitzer nur kurz vor die Tür. Einmal zum nächsten Baum, alles Notwendige erledigen und dann, zack, schnell wieder rein ins Haus.

Der Hund mag keinen Regen.

Auch Frau S. kann den Regen nicht leiden.

Wenn draußen alles so grau und nass ist und sie schon tagsüber das Licht in ihrer Wohnung anmachen muss, dann sinkt ihre Laune endgültig zu Boden.

Wenn sie doch wenigstens mit Herrn K. telefonieren könnte! Bestimmt ist er bei diesem Wetter auch Zuhause!

Aber Frau S. traut sich nicht, ihn anzurufen. Nein, wie sähe das denn aus? Als ob sie es nötig hätte!

Frau S. geht in die Küche.

Sie schaut durch die Balkontür in den grauen Regen verhangenen Himmel.

Dann öffnet sie einen der Küchenschränke und nimmt die Flasche mit dem Klaren heraus. Auf dem Küchentisch steht noch das Glas von gestern Abend. Sie gießt es voll und stellt dann die Flasche auf den Tisch.

Die Flasche ist beinahe leer.

„Prost!" sagt Frau S. wie zu einer imaginären Person.

Während sie das Glas leert, nimmt der Regen vor ihrem Balkon zu.

Marion erwacht spät.

Sie hört den Regen an die Fensterscheibe des geschlossenen Fensters prasseln. Und obwohl sie Regen nicht mag, fühlt sie sich besser als am Tag zuvor. Offensichtlich hat ihr das viele Schlafen doch gut getan.

Sie steht auf und fährt sich mit den Händen durch ihre langen Haare.

Dann geht sie ins Bad.

Sie beschließt, zu duschen, sich die Haare zu föhnen, sich was Frisches anzuziehen und dann zum ersten Mal seit Tagen wieder vor die Tür zu gehen.

„G., wer ist schon G.?" sagt sie laut zu sich selber.

Dann dreht sie die dampfend heiße Dusche voll auf.

Im Treppenhaus angekommen schüttelt sich der Hund ausgiebig. Die Regentropfen fliegen durch die Luft. Der Hund scheint zu lächeln.

Er mag eben Regen nicht.

Kurz nach sechs steht Frau B. wieder am Fenster ihres Wohnzimmers, neben sich Heft und Stift griffbereit. Sie hat den Blick unverwandt auf das Haus schräg gegenüber gerichtet.

„18 Uhr 09. Jetzt müsste sie demnächst kommen." denkt Frau B.

Und tatsächlich, nur ein paar Minuten später sieht sie die Person, auf die sie wieder gewartet hat, durch den Regenkommen. Eiliger als sonst geht die junge Frau die Treppen zu ihrem Haus hoch, schließt die Tür mit der linken Hand auf und verschwindet im Hauseingang.

„Diesmal ohne zu telefonieren", denkt Frau B. „Und mit der rechten Hand in der Tasche! Das muss ich gleich notieren."

Sie greift zum Stift mit dem SPD-Aufdruck und beginnt ins Notizheft zu schreiben.

Hinter ihr liegt die BILD-Zeitung aufgeschlagen auf dem Wohnzimmertisch. Zu sehen ist ein großer Artikel über die große Spenden- und Hilfsbereitschaft der Hamburger und die enorme Unterstützung Not leidender Menschen durch Pakete und ehrenamtliche Arbeit. Auf einem Foto ist eine junge Frau zu sehen, die gerade ein Paket an die Hilfsorganisation übergibt.

An ihrer rechten Hand sieht man ein großes Pflaster.

Der Regen fällt den ganzen Tag unaufhörlich auf die Papenhuder Straße.

Der Himmel ist und bleibt grau.

Nur an ein paar Hauseingängen sieht es so gar nicht nach Regen aus. Man muss zwar genau hinsehen, aber dann wird man belohnt mit dem Anblick wunderschöner blühender Blumen, denen der Regen nichts ausmachen kann.

Wie von Zauberhand waren sie einfach eines Tages da.

Hier und dort begann es auf einmal in der Papenhuder Straße zu „blühen". Zuerst waren es nur ein paar vereinzelte Blüten. Aber nach und nach wurden es immer mehr.

Viele Menschen gehen an den Blumen vorbei. Diejenigen aber, die sie sehen, lächeln unwillkürlich.

Woher diese Blumen kommen, weiß niemand.

Aber das ist auch gar nicht wichtig. Entscheidend ist, was sie mit den Menschen machen. Wie sagte schon Henri Matisse: „Es blühen immer Blumen für die, die sie sehen wollen."

XI

Am nächsten Morgen erwacht Marion lächelnd. Sie hat gut geschlafen.

Trotz des Regens war sie gestern tatsächlich aus dem Haus gegangen. Mit einem großen Regenschirm bewaffnet hatte sie das Café angesteuert.

Und anstatt sich nur ein Stück Kuchen zu holen und dann gleich wieder nach Hause zu gehen, hatte sie sich kurz entschlossen entschieden, sich ins Café zu setzen.

Da es ziemlich voll war, war sie schon nach kurzer Zeit gefragt worden, ob an ihrem Tisch noch ein Platz frei wäre. Sie hatte genickt und sich dann wieder hinter der Zeitung verkrochen.

Doch wie es der Zufall so wollte, waren sie doch irgendwann ins Gespräch gekommen, der junge Mann, der sich zu ihr an den Tisch gesetzt hatte und sie, und Marion hatte sich über die Gesellschaft gefreut.

Was ihr allerdings zuerst an dem jungen Mann aufgefallen war, das war das leuchtend orange Garn, mit dem einer der Knöpfe an seinem ansonsten hellbeigen Hemd angenäht war.

Wie sich im Gespräch bald herausstellte, wohnte auch der junge Mann in der Papenhuder Strasse und zwar schräg gegenüber von ihr.

Marion hatte unwillkürlich lächeln müssen.

Da hatte sie vier Tage allein Zuhause hinter verschlossenen Gardinen verbracht – oder waren es Jahre gewesen? -, und nur ein paar Meter von ihrer Wohnung entfernt hatte ein anderer Mensch ebenfalls alleine in seiner Wohnung verbracht. Sicher nicht rund um die Uhr, so wie sie, aber doch allein.

„Sind Sie öfter hier im Café?" hatte der junge Mann sie irgendwann gefragt. Und obwohl Marion eher selten hierher kam, und schon gar nicht allein, hatte sie „Ja." gesagt. Irgendetwas in ihr hoffte, dass „Ja." die richtige Antwort war.

„Auch morgen?" Der junge Mann hatte sie unsicher angesehen. Und anstatt nur „Ja." zu sagen, hörte Marion, wie sie „Ja, gern!" sagte. Aber bevor sie darüber nachdenken konnte, was sie da gesagt hatte, hatte der junge Mann sie schon angestrahlt.

„Um vier? Passt Ihnen um vier?" hatte er dann noch gefragt. Und sie hatte gelächelt und mit dem Kopf genickt.

Und als sie sich verabschiedeten und Marion langsam nach Hause ging, da wusste sie auf einmal nicht mehr, warum sie jemals wegen Erdbeeren oder ähnlichem Obst geweint hatte. Oder war es Erdbeerjoghurt gewesen? Egal. All das schien ihr jedenfalls mit einem Mal ganz weit weg zu sein.

Als es dann Abend wurde, war sie lächelnd zu Bett gegangen. „Ich freue mich auf morgen!" hatte sie noch gedacht.

Dann war sie eingeschlafen.

Glücklich. …

Marion reckt und streckt sich in ihrem Bett. Wie gemütlich es hier im Bett ist! So weich und warm!

Marion fühlt sich wohl.

„Ich habe lange keine Musik mehr gehört!" denkt sie.

Sie steht auf und geht ins Wohnzimmer.

Wie angenehm der kühle Holzfußboden sich unter ihren nackten Füßen anfühlt. Das hat sie noch nie so bemerkt, obwohl sie schon ein paar Jahre in dieser Wohnung wohnt.

Sie legt ihre Lieblings-CD auf, die von `Alexander and Friends´, und geht in die Küche.

Summend macht sich einen Kaffee.

Herr K. sitzt an diesem Vormittag am Schreibtisch und wechselt zwischen Computer und Telefon hin und her.

Er hatte gedacht, er müsste Verhandlungen führen, aber Alles entwickelt sich ganz wie von selbst. So, als ob Alle auf ihn gewartet hätten!

„Das is ja echt doll!" denkt er zwischendrin und strahlt.

Dann greift er zu dem großen braunen Briefumschlag von gestern. Wie schnell sich Alles ändern kann – und wie leicht!

Herr K. schüttelt Gedanken verloren den Kopf.

Ein Tag, nein – *eine Nacht*, und schon ist sein Leben wie ausgewechselt.

Sie haben ihn tatsächlich genommen! *Ihn*, den absoluten Laien! Besser als die meisten Profis sei er gewesen, haben sie gesagt!

„Unfassbar!" sagt Herr K. laut. Er sieht seine Hündin an. „Aber wahr!"

Und plötzlich muss er lachen.

Herr K. lacht, dass sein Stuhl wackelt. Er kann gar nicht wieder aufhören zu lachen.

Das Leben ist *so* verrückt!

Da tut er *einmal* Etwas, was er sich bisher nicht getraut hat – wovon er aber schon so lange geträumt hat und was er schon so lange mal tun wollte! Und dann geht es Schlag auf Schlag! Und auf einmal ist sein Traum Realität!

„Beiß mich mal!" sagt er lachend zu seinem Hund. Die Rüdin sieht ihn an und bleibt auf der Stelle sitzen.

„Bei James Bond", sagt er weiter zu ihr, „da würde es jetzt heißen: `Wenn ich *das* im Club erzähle!`"

Herr K. lässt sich nach hinten in seinem Bürostuhl fallen und lacht erneut laut los.

Für Frau S. ist auch dieser Tag nicht von Lebensfreude geprägt.

Schon im Morgengrauen war sie wach und konnte nicht mehr einschlafen.

Seitdem hat sie geputzt und aufgeräumt.

Nun, gegen Mittag, spürt sie allmählich so etwas Ähnliches wie Hunger.

Den ganzen Tag hat sie bisher noch mit Niemandem gesprochen. Das Telefon ist seit Tagen stumm geblieben, und nicht mal die Post hat heute geklingelt.

Frau S. beschließt, einkaufen zu gehen.

„…und somit ist es uns eine große Freude, Sie als neues Mitglied begrüßen zu können! Auf gute Zusammenarbeit! Und auf den Spaß dabei! Gez. …" usw usw

Her K. hält das Schreiben aus dem großen braunen Umschlag in beiden Händen. Zum wiederholten Male hat er es gelesen. Nun lässt er das Papier sinken.

„Danke!" sagt er ergriffen. „Dem Himmel sei Dank!"

Er legt das Papier auf den Schreibtisch. Dann dreht er sich zu seinem Computer.

Er ruft die Startseite von Google auf.

„Was verdienen eigentlich Schauspieler?" fragt er seine Rüdin. „Schauspieler am Theater?"

Für die nächste Stunde ist Herr K. in den Weiten des Internets unterwegs.

Marion sieht auf die Uhr.
Viertel nach zwei.
Sie kann es kaum noch erwarten, bis es endlich 16 Uhr ist.

Zwei kleine Hunde treffen sich an der Ecke zur Hartwicusstrasse. Sie kennen sich und freuen sich überschwänglich über ihre Begegnung.
Auch ihre Besitzer, beides fröhliche, sympathische Menschen, freuen sich über das Zusammentreffen.
Und während die Menschen an dem einen Ende der Leine über dies und das reden, tauschen die beiden kleinen Hunde am anderen Ende der Leine unbemerkt von ihren Besitzern geheime Informationen aus der Hundewelt aus.
Beide Hunde wirken sehr glücklich.

Auf der gegenüberliegenden Seite trocknet der Blumentopf vor dem Fenster der Dachwohnung des Eckhauses vor sich hin. Trotz des gestrigen Regens sieht die Blume darin gar nicht gut aus. Es hat den Anschein, als wäre sie vergessen worden.
Und tatsächlich ist der Bewohner der Dachwohnung vor knapp einer Woche Hals über Kopf mit unbekanntem Ziel abgereist.
Man könnte auch sagen, er ist geflohen.
Jedenfalls stand die Polizei, die kurz nach seiner ´Abreise´ vor der Tür erschien und bei ihm klingelte, vor verschlossener Tür.
Der Vogel war ausgeflogen.
Und vor dem Fenster, nahe der Dachkante, trocknet seitdem jener Blumentopf vor sich hin.

XII

„Wann sehen wir uns wieder?"

Marion und der junge Mann haben einen wunderbaren Nachmittag im Café verbracht. Nun stehen sie draußen neben der Palme, und der junge Mann strahlt Marion an.

„Ich möchte Dich gerne wieder sehen!"

Marion kann es kaum fassen! Der zweite wundervolle Satz innerhalb von einer Minute! Und das nach einem Nachmittag, der schöner nicht hätte sein können! Sie und der junge Mann, Rolf, haben sich von Anfang an wunderbar verstanden! Es ist, als würden sie sich schon immer kennen!

Schon nach ein paar Minuten gingen sie zum Du über.

Ab diesem Zeitpunkt sind sie sich so nah, als wären sie schon seit Jahren ein Paar.

„Nun sag schon" drängelt Rolf liebevoll lächelnd, „sehen wir uns morgen wieder?"

Am liebsten würde Marion Rolf auf der Stelle küssen! Stattdessen legt sie ihre Hand sanft auf seinen Unterarm, sieht ihm in die Augen und sagt lächelnd: „Gern!"

Da nimmt Rolf ihre Hände, führt sie zu seinem Mund, küsst ihre Hände sanft und sieht Marion dabei in die Augen. Ein Strahlen geht von ihm aus, das Marion überwältigt! Und wie zärtlich seine Hände sind!

„Dann morgen wieder um vier hier?" fragt Rolf, und in diesem Moment hüllt seine Stimme Marion von oben bis unten ein.

„Bis morgen!" antwortet sie glücklich. „Ich freu´ mich!"

„Ich freu´ mich auch!" sagt Rolf.

Dann lässt er Marions Hände los.

„Am liebsten würde ich jetzt noch den Abend mit Dir zusammen sein!" Rolf macht eine kurze Pause. „Aber ich muss noch ein Projekt fertig machen bis morgen früh. ... Kann ich Dich denn nachher noch mal anrufen? Bis morgen um vier ist es nämlich ganz schön lang!"

Er wird ein bisschen rot.

Ihre Telefonnummern haben Marion und Rolf bereits im Café ausgetauscht.

Und so lächelt Marion ihren Rolf fröhlich an und sagt: „Dann bis nachher!"

Rolf strahlt. „Bis gleich sozusagen!"

Im Grunde wollen sich beide nicht voneinander trennen, und so geht es noch eine Weile hin und her zwischen den Beiden mit wiederholten Anläufen zum Verabschieden.

Den zwischenzeitlich einsetzenden Frühlingsregen bemerken beide nicht.

Herr K. steht in der Küche und macht sich einen Cappuccino.

Die letzten Tage kommen ihm fast unwirklich vor.

Das Vorsprechen nach Mitternacht im Hotel, verbunden mit der Auflage, quasi als Mutprobe, bereits kostümiert von Zuhause loszugehen – als Zeichen dafür, dass man tatsächlich bereit ist, öffentlich in eine andere Rolle zu schlüpfen -, das war schon sehr speziell. Aber doch so schräg und aufregend, dass Herr K. nicht anders konnte, als sich zu amüsieren.

Aber dass sie ihn dann auch noch genommen haben, und er nun die Hauptrolle spielt, und das für die nächsten sechs Monate – das Alles zu erleben in einer Handvoll Tagen, das findet Herr K. beinahe surreal.

Ihn würde es nicht wundern, wenn es gleich ´Plopp` machen würde, er kurz bewusstlos ist, und dann Alles wieder so ist, wie vorher.

Aber es macht nicht ´Plopp`!

Nichts ploppt. Kein Zerplatzen von Seifenblasen, die seine Träume tragen.

Im Gegenteil! Alles ist real. Das ist ja gerade der Wahnsinn!

Der schöne große Baum mit dem üppigen Laub ist Kult für den kleinen Hund, der es liebt, seine Botschaften in der Papenhuder Strasse zu hinterlassen. Ausgiebig und mit einem zufriedenen Lächeln im Gesicht hebt er sein Bein und wässert den Baumstamm.

Marion ist glücklich. Sie schwebt sozusagen nach Hause.

Dass der Frühlingsregen sie vollkommen durchnässt hat, hat sie erst beim Aufschließen ihrer Wohnungstür bemerkt. Aber auch darüber ist sie so glücklich, dass sie gar nicht auf die Idee kommt, sich umzuziehen.

Auf ihrem Abtreter hinterlässt sie eine fröhliche Pfütze.

Rolf macht sich Zuhause sofort an seine Arbeit. Er beschließt, in einer halben Stunde Marion anzurufen.

Er lächelt glücklich.

Der Abend kommt langsam über die Papenhuder Straße.

Das frische Frühlingsgrün der Bäume taucht in das Licht der blauern Stunde ein. Eine sanfte, milde Stimmung liegt über der Straße.

Die Menschen in ihren Wohnungen verbringen den Abend jeder auf seine ganz eigene Weise: Herr K. lächelt erfüllt und genießt ein Glas Rotwein vor dem Kamin. Frau B. löst im Wohnzimmer sitzend ein weiteres Kreuzworträtsel. Eine junge Frau packt in der Küche ein Paket mittlerer Größe.

Telefonate werden geführt und Briefe geschrieben. Es wird gelesen oder sich unterhalten, man sitzt zusammen mit Freunden oder mit der Familie oder ist für sich allein. Die Ruhe wird genossen oder der Trubel. Man kocht gemütlich in der Küche oder beschließt, den Pizzaservice kommen zu lassen.

Wie auch immer der Abend verbracht wird, die Menschen in der Papenhuder Straße leben ihr Leben. Sie gehen irgendwann ins Bett, oder auch nicht, sie stehen morgens auf oder erst im Laufe des Vormittags, und sie gestalten jeden Tag so, wie er zu ihnen passt. Dem Einen gelingt das wunderbar, einem Anderen weniger gut.

Zu den Letzteren gehört auch Frau S..

Ihr fällt es schwer, sich zu entspannen und einfach mal locker zu lächeln. Nach wie vor wählt sie den Weg des Die-Anderen-sind-doof-die-Anderen-sind-schuld. Sie scheint nicht an sich und ihr Glücklichsein zu glauben.

Und so knöpft sie beim Zubettgehen ihr gestärktes Streublümchenbaumwollnachthemd bis oben hin zu, zieht die schweren Vorhänge vors Fenster und fällt irgendwann in einen schweren Schlaf.

XIII

Am nächsten Morgen ist das Licht in der Papenhuder Strasse unglaublich schön: Man hat den Eindruck, ein goldener Schimmer liegt über Allem. Es wirkt, als ob Alles von Innen her strahlen würde, und ein besonderer Zauber die Menschen berührt hat.

Es gibt solche Tage in der Papenhuder Strasse. Das Glück scheint dann mit den Händen greifbar zu sein.

Alles stimmt, alles ist leicht, Alle lächeln.

Die Hunde sind fröhlich. Die Radfahrer sind es auch.

Und auf den Balkonen erblühen mehr Blüten als an jedem anderen Tag.

Die Wasserpfütze vor Marions Wohnungstür ist längst getrocknet, und Marion fühlt sich wunderbar.

Gestern Abend hat Rolf mehr als einmal angerufen – genau genommen 5 Mal! -, und heute Morgen wurde sie von einer liebevollen sms geweckt, in der Rolf ihr schrieb, er habe sich in sie verliebt.

Auch Marion fühlt Liebe in ihrem Herzen, so viel, dass sie die ganze Welt umarmen könnte. Am liebsten aber möchte sie Rolf umarmen!

Und Rolf?

Der hat, wie von Zauberhand beflügelt, sein gesamtes Projekt fertig bekommen. Kurz nach Mitternacht war er fertig. Und das, obwohl er fünf Mal mit Marion telefoniert hat. Oder vielleicht genau deswegen?

Jedenfalls lächelt er jetzt, und Liebe strahlt aus seinen Augen.

Er empfindet so viel für Marion, dass er heute Morgen nicht anders gekonnt hat, als es ihr zu sagen. Am liebsten hätte er die Fenster seiner Wohnung weit aufgerissen und es in die Welt hinaus gerufen: „Ich liebe Dich, Marion!"

„Wie wundervoll das Leben doch ist!" denkt er, während er den Brief an die Agentur fertig macht.

Für Herrn K. beginnt dieser Tag früh.

Schon mit den ersten Sonnenstrahlen ist er wach und beschließt, mit seinem Hund an die Alster zu gehen. Das Licht ist am frühen Morgen so überwältigend schön dort!

Später dann will er in Ruhe draußen vor dem Café in der Sonne sitzen, Zeitung lesen und frühstücken, und dann gegen Mittag langsam zu der Besprechung ins Atlantic gehen.

Und dann geht es nächste Woche tatsächlich los.

Sein erster Auftritt!

Auf einer echten Bühne in einem echten Kostüm mit echtem Publikum.

Was es bis dahin wohl noch zu tun gibt?

Herr K. lächelt.

„Das Leben ist schön!" sagt er zu seiner Hündin, streichelt sie und küsst sie auf den Kopf.

Die Hündin wedelt mit dem Schwanz, leckt Herrn K. über die Nase und gibt ihm dann zu verstehen, dass sie Hunger hat.

Auf dem Balkon von Frau S. sind heute gleich drei neue große Blüten an ihrer Lieblingsgeranie aufgegangen. Und zahlreichen Knospen sind kurz davor, ebenfalls aufzublühen.

Als Frau S. erwacht, fühlt sie sich eigenartig melancholisch.

Sie steht auf und geht in die Küche, um sich einen Kaffee zu kochen. Dabei fällt ihr Blick auf den Balkon und die blühende Geranie. Sie bleibt stehen, sieht durch die Balkontür – und eine Träne rollt ihr übers Gesicht.

Sie öffnet die Balkontür und geht auf den Balkon.

Als ein Sonnenstrahl durch den großen Baum vor ihrem Balkon auf sie fällt, und sie seine Wärme auf ihrem Oberarm spürt, da beginnt sie auf einmal zu weinen. Wie ein Kind steht sie da in der Morgensonne, und die Tränen laufen ihr übers Gesicht.

Es sind keine Freudentränen über die schönen Blüten der Geranien. Nein – was ihr in diesem eigentlich so wunderbaren Moment klar wird, ist, dass sie einsam ist. Sie fühlt sich so Mutterseelen allein und weiß nicht, wie sie das ändern soll, dass sie gar nicht wieder aufhören kann zu weinen.

All´ der Schmerz der vergangen Jahre – voller Einsamkeit, wie sie jetzt erkennt -, dieser Schmerz bricht sich jetzt Bahn.

Frau S. schlägt die Hände vor´s Gesicht.

Mit gesenktem Kopf geht sie zurück in die Küche. Sie setzt sich an den Küchentisch, legt ihren Kopf auf ihre Arme und lässt ihren Tränen freien Lauf.

Die Rüdin von Herrn K. hat aufgegessen. Glücklich und mit vollem Bauch rollt sie sich in der Sonne zusammen und hält ein kleines zufriedenes Nickerchen.

Fünf vor vier sitzt Rolf bereits im Café.
Er ist der glücklichste Mensch der Welt!

Um sieben vor vier verlässt Marion ihre Wohnung.
Sie lächelt.
Ihr Herz klopft schneller, und gleichzeitig fühlt sie sich angenehm ruhig.
„Ich bin der glücklichste Mensch auf der Welt!" denkt sie.

Ein Topf Basilikum und ein Topf Salbei genießen, wenn auch getrennt, die Wärme der Sonne.
Beide haben sich entschlossen, neue Blätter zu entfalten.

Frau S. hebt den Kopf.
Sie denkt nach.
„Warum habe ich so selten darauf geachtet, wie ich mich fühle? *Wirklich* fühle? Und was ich wirklich möchte" fragt sie sich.
Dann beschließt sie, rauszugehen. Ihr ist nach Menschen.
Sie geht ins Bad, wäscht sich ihr Gesicht kalt ab, schminkt sich entgegen ihrer Gewohnheit ein bisschen und macht sich dann auf den Weg ins Café gegenüber.

Als die Rüdin von Herrn K. erwacht, sieht sie in das lächelnde Gesicht ihres Lieblingsmenschen.
„Na, meine Schöne?" sagt Herr K. lächelnd zu ihr. „Wollen wir raus?"

Das letzte Wort gehört eindeutig zu ihrem Lieblingswortschatz.

Sie springt auf, schüttelt sich kurz – und ist fertig.

„Du einen Keks, ich einen Kaffee?" Herr K. grinst.

Und seine Hündin hat Lieblingswort Nummer zwei mit tiefem Entzücken zur Kenntnis genommen.

XIV

Und so kommt es, dass am Nachmittag desselben Tages Marion, Frau S., Rolf und Herr K. samt seiner Pekinesenhündin im Café aufeinander treffen.

Rolf und Marion haben nur Augen füreinander. Sie sehen wohl die ihnen bekannten Gesichter von Frau S. und Herrn K., aber mehr bekommen sie nicht mit.

Zu glücklich sind sie miteinander!

Und Frau S.?

Die fühlt sich zuerst ein bisschen verloren, so allein im Café. Doch sie wirkt weicher als sonst, offener.

Und so mag es vielleicht kein Zufall sein, dass kurze Zeit später Herr K. sie freundlich anlächelt und fragt, ob an ihrem Tisch noch ein Platz frei ist.

Selbst seine Rüdin zerrt nicht in die andere Richtung, als sie Frau S. erblickt. Sie lässt sich sogar kurz von ihr kraulen.

Die freundlichen Bedienungen im Café scheinen noch etwas mehr als sonst zu lächeln.

Ob sie bemerken, was hier vor sich geht?

Wer diese Strasse heute nur so durchschreitet, der bekommt vielleicht gar nicht mit, was los ist.

Derjenige aber, der sensibel für Atmosphäre und besondere Momente ist und offen die Dinge wahrnimmt, der wird belohnt mit dem Gefühl, Teil von etwas Wunderbarem zu sein! Der wird die Magie fühlen, die die Papenhuder Strasse sanft durchweht. An manchen Tagen weniger, an anderen Tagen mehr. So wie heute, wo Einen das Lächeln geradezu küsst!

Es ist wunderschön an diesem Tag!!

Ist es ein Zufall, dass gerade heute Menschen zueinander finden?

Auch Frau B. macht eine Entdeckung, und die lässt sie für ein paar Minuten mit offenem Mund in ihrem Wohnzimmer stehen bleiben: Sie hatte schon den Kugelschreiber in der Hand – es war 12 Uhr 13 -, da fiel ihr Blick auf die BILD-Zeitung vom Vortag, die noch immer auf dem Wohnzimmertisch lag, aufgeschlagen auf derselben Seite wie gestern.

Sie war nicht mehr dazu gekommen, weiter zu lesen und hatte deshalb die Zeitung einfach so liegen gelassen. Ihre Kreuzworträtsel hatten sie zu sehr gepackt.

Doch als sie jetzt das Foto genauer ansieht - das mit der jungen Frau, die gerade ein Paket abgibt und ihre rechte Hand in der Tasche stecken hat -, da glaubt sie zuerst an Verwirrung. Doch es ist eindeutig zu erkennen, wer die junge Frau ist!

Immer noch sprachlos und mit offenem Mund stützt sich Frau B. auf die Fensterbank.

Dann nimmt sie wortlos das kleine Notizheft, geht in die Küche, öffnet den Mülleimer mit dem Weinlaub vorne drauf und lässt, noch immer schweigend, Heft und Kugelschreiber in den mit einer hellgelben Plastiktüte ausgelegten Mülleimer fallen.

Sie steht ein wenig unter Schock.

Von all dem kriegen die Gäste des Cafés nichts mit.

Sie lächeln dem kleinen Hund zu, der vorbeischlendert, freuen sich über die Prominenz, die ein Kastenweizen kauft und sind mit sich und der Welt zufrieden. Was gibt es Schöneres, als entspannt in einem Café zu sitzen und den Augenblick zu genießen?

Und so ist der Zauber dieses Tages bis in den Abend hinein zu spüren.

Selbst als die ersten Sterne am wolkenlosen Himmel erscheinen, da ist es noch immer da: das *Lächeln*.

Sogar Frau S. hat, als sie irgendwann aufgestanden ist, sich von Herrn K. verabschiedet hat und dann in ihre Wohnung gegangen ist, *gelächelt*.

Der besondere Zauber der Papenhuder Strasse!

Er ist auch an den Tagen, die grau sind oder im ersten Moment so erscheinen, doch immer da! Dieser Zauber, das ist das Geheimnis der Papenhuder Strasse.

Wer sich von ihm berühren lässt, den verwandelt er!

Nicht nur Marion und Rolf oder den einen oder anderen kleinen oder großen Hund oder einen besonders üppig gedeihenden Basilikumtopf. Nein, Alle, die dafür offen sind, können spüren, dass diese Strasse etwas ganz Besonderes ist!

Als am Abend der Mond über der Papenhuder Strasse aufgeht, da scheint es, als würde auch er lächeln.

Die Erde dreht sich langsam weiter, der Mond wandert in aller Ruhe über den Sternenhimmel, und am Morgen geht wieder die Sonne auf über der Papenhuder Strasse.

Ein neuer Tag beginnt.

Quasi ein Nachwort

Die Papenhuder Strasse. Eine ganz normale Strasse in einer ganz normalen deutschen Großstadt.

Was hier passiert, ist überall möglich.

Ob Kleinstadt, Dorf oder Insel: Wo Menschen leben, da wird es bunt – in welchen Farbtönen auch immer. Die werden ja letztlich von den Menschen selbst gewählt und dann entsprechend ausgelebt.

Die Papenhuder Strasse.

Was hier genau geschieht und wie sich die Dinge hier entwickeln, das überlasse ich des Weiteren der Phantasie der Leser. Details sind nicht immer wirklich wichtig, Auflösungen nur scheinbar von Bedeutung. Zuviel Enthüllung bedient meist nur die Sensationslust.

Geheimnisse können ruhig auch mal Geheimnisse bleiben!

Dies hier, das ist nur ein Ausschnitt, ein Blick auf das Leben in der Papenhuder Strasse. Keineswegs vollständig und ohne Anfang und ohne Ende.

Just a part of life: Spot an, Klappe, und drehen. Und irgendwann wieder Spot aus.

Das Leben geht weiter, nur ohne Kamera.

Wer wer ist?

Die Personen gibt es so nicht.

Einiges ist zwar in Anlehnung an real existierende Menschen, Tiere und Pflanzen geschrieben, denn dazu ist diese Strasse einfach zu inspirierend. Aber jegliche Ähnlichkeiten mit hier lebenden Lebewesen und ihren Lebensumständen wäre natürlich rein zufällig.

Die Phantasie des Autors ist rie-sen-groß!

Sollte eine Person dennoch meinen, sich wieder zu erkennen, so kann sie sich gerne bei mir melden.

Ich lade sie dann auf einen Milchkaffee ins Café hier ein und sage ihr freundlich, dass sie sich irrt.

Gleiches Angebot gilt im Übrigen auch für Hunde. Für Katzen nicht.

Tja, was bleibt mir noch zu sagen?

ICH LIEBE DIE PAPENHUDER STRASSE!

Ich bin sehr gerne hier!

Ich habe selten eine Strasse erlebt, die mich in ihrer gesamten Mischung so anspricht. Ich fühle mich Zuhause hier, wenn ich da bin. Und wenn ich weg bin, fehlt sie mir, die Papenhuder Strasse.

Ich liebe auch die Menschen hier!

Ok, ein paar wenige gibt es, die machen es mir schwerer als andere, sie zu lieben. Aber da ich auch die menschlichen Abgründe liebe, die Schatten und die dunklen Flecken, die jeder Mensch auf seine ganz eigene Art und Weise zu verbergen versucht, mag ich in gewisser Weise auch die unfröhlichen, ja, bisweilen unangenehmen Menschen hier.

Ja, auch ein grauer oder sogar schwarzer Farbton gehören auf die Farbpalette des Lebens, so wie alle anderen Farben eben auch.

Und last, but not least, berühren mich auch jene Menschen, die in ihr eigenes Lebenskonstrukt verstrickt sind und nicht herausfinden. Sie verbreiten zwar meist keine überschäumende Lebensfreude um sich herum, aber sie liefern guten Stoff für Geschichten!

Ich lebe eben gern!!

Und wenn ich in der Papenhuder Strasse leben darf, dann bin ich glücklich und dankbar!

Liebe Menschen hier, bleibt so, wie Ihr seid!

Na gut, Ihr könnt Euch weiter entwickeln, aber bleibt Menschen und lebt Euer Leben!

Damit ich, falls ich mal eine Fortsetzung schreiben sollte, diese mit folgender Widmung beginnen kann:

„Der Papenhuder Strasse und den wunderbaren Menschen, die hier leben!"

Fine.

…für´s Erste. …

Zum Verfasser:

Jo Miller. Ein typisch italienischer Name.

Wohnhaft in Rom, verliebt in Hamburg und speziell in die Papenhuder Straße.

Was gibt es mehr zu sagen?

Nichts.

Außer, dass dieser Mensch glücklich ist! Unwichtig, wann er geboren ist und was die Welt bisher von ihm gelesen hat.

Sie werden eh wieder von ihm hören!

Wie und wo auch immer!